沐雨集

| 无语 | 千华 | 扬过杨过 著 |

SPM 南方出版传媒 广东人民出版社
·广州·

图书在版编目（CIP）数据

沐雨集 / 无语，千华，扬过杨过著. —广州：广东人民出版社，2018.8
ISBN 978-7-218-13093-4

Ⅰ. ①沐… Ⅱ. ①无… ②千… ③扬… Ⅲ. ①诗词—作品集—中国—当代 Ⅳ. ①I227

中国版本图书馆CIP数据核字（2018）第166501号

MUYU JI
沐雨集
无语 千华 扬过杨过 著

出 版 人：肖风华

责任编辑：梁 茵 黄丽颖
责任技编：周 杰 易志华
书籍设计：广州书窗设计工作室

出版发行：广东人民出版社
地 址：广州市大沙头四马路10号（邮政编码：510102）
电 话：（020）83798714（总编室）
传 真：（020）83780199
网 址：http://www.gdpph.com
印 刷：珠海市鹏腾宇印务有限公司
开 本：787mm × 1092mm 1/32
印 张：6.5 字 数：100千
版 次：2018年8月第1版 2018年8月第1次印刷
定 价：45.00元

序

丁酉盛夏，广东省诗词文化专业委员会成立庆典邀予莅会，有幸初识会长倪平波先生。见其谦和儒雅，吐属斯文，印象洵佳。嗣后同游岭南采风，是秋又同赴浙南文成雅聚，山水嘤鸣，樽斝论道，诗酒之缘益深。及读其诗，吟观见地，与吾心有戚戚焉。日前惠蒙信任，遥寄其与高足暨小友诗稿一卷，嘱予作序。予虽俗务纷冗，且自知谫陋，然亦未克轻辞。

平波幼喜吟哦，训蒙启于外祖。家学渊源，得天独厚。洎其学业有成，现任职于某大型国企，而于诗词之道，许为平生至爱。

《沐雨集》中，止录平波诗词两百余首（另有千华、扬过杨过诗词一百余首）。诗如其人，词如其人，语句清新，朴实无华。集中不做惊人之语，认为“人间豪迈语，多半蜡枪头。”然虽恬淡平和，而诗之理、趣存焉。如：“人间雾霾重，岂在一枝烟。”（《吸烟》）；“心中有佛欲行远，作个逍遥自在人。”（《夜次佛山南风古灶有吟》）；“七尺男儿空自许，恨无好调对君弹。”（《谒李清照旧居》）；“人世如同此间水，半江浑浊半清波。”（《登兰州白塔山》）清雅如此，不一而足。

平波娴于律诗，起承转合俱合规矩，如《题惠州西湖》：“欲知沧海变，稽首问麻姑。汉属虎行地，晋成龙卧湖。清柔通浣女，旷邈任飞凫。多少寻幽客，千年随老苏。” 是律对仗工稳，不苟不懈，且无合掌、上尾、连、挤、撞韵之弊，是得律诗妙悟者也。再如《屠呦呦获奖感怀》：“自古江南才女多，呦呦鸣鹿出宁波。青蒿素去子民疾，诺贝尔迎朝野歌。两院翰林当奋勇，三无学者正蹉跎。象牙塔里府商影，妙语连珠值几何。”兴观群怨，诗之大要存焉。平波此律，不无仗义执言，抨击时弊之正气，然于愤激之外，亦不失温柔敦厚之旨。苏轼《留侯论》有云：“……天下有大勇者，卒然临之而不惊，无故加之而不怒。此其所挟持者甚大，而其志甚远也。”谦谦如平波者，其此之谓乎！集中律诗，殆同于斯，窥此两斑，可见全豹。

平波词作，无论小令、长调，俱以情真、意新见长。如《临江仙·归途》：“高铁如梭湘北去，楚天正是斜阳。夕烟轻锁小山庄。鸡飞篱菊散，狗跳落花扬。　欲道乡关秋景异，怎堪此刻情伤。病中老父卧于床。西风知会我，日夜盼儿郎。”上片清新俊逸，如行云流水；下片却意外转折，真情毕见，令人感动。出人意料之外，却在情理之中，此中妙谛，固非常人所能也。再如《沁园春·票》：“岁末羊城，满目衰红，遍地落花。对他乡异客，归心似箭；远方父母，愁丝如麻。电话空空，网关了了，处处哀求惟自嗟。无归路，应妻嗔夫怨，耳赤眉斜。原来咫尺天涯，叹游子呆呆若木瓜。笑交通行业，奇思妙作；新闻媒体，专访神夸。政府官员，心存四海，一语徒令百姓哗。新科学、借时光隧道，即刻回家。”　拙作《吟坛八病刍议》有云：“前贤之作，俱可师也，但不必泥古仿古。……要求诗词创作具有诗词的独特韵味，固然无可厚非，但要求今人写出唐诗宋词的‘原汁原味’，则大谬不然。”　每见今人言诗（词），多奉情真、意新为圭臬。殊不知诗（词）之可读，犹在诗（词）趣。意所不尽，而有余者之谓趣。是犹听钟而得其希微，乘月而思游汗漫。窅然直用，将与造化者周流，此其趣也。平波之词，已谙此中三昧。

平波高足千华，尽领乃师创作奥旨。其诗闲适自然，细腻婉转，语言略带诙谐。虽为女性，然字里行间，不见脂粉气。继承之外，自成风格。扬过杨过乃《雅风》诗刊主编，作品情真意切，贴近生活。善于化腐朽为神奇，以所见所闻入诗，令人耳目一新，叹为观止。二子皆后起之秀，俱为广东省诗词文化专业委员会骨干，其组织领导才能与诗词创作水平相得益彰。

予寄广东诗友旧作有云：“谆谆我告门墙下，但有真诗寄岭南。”尝闻：诗如其人也，是以类聚、群分，皆可以诗鉴之。《沐雨集》中，真诗荟萃，真情毕见，悉秉格高、意新、情真、律严之旨，展卷读之，宜知同声者相应，同气者相求乃如是也。

是为序。

邓世广

戊戌仲夏于天山下

目录

卷一 / 无语（倪平波）

003 访古北口水镇农家
003 四县交界点观日出
004 赴密云途中即兴
004 登逍遥台
005 诗友聚会有感
005 过海马台风
006 长隆观猴表演
006 子媳南飞途中
007 题光明诗词协会
007 题余将军
008 谒秦琼祠
008 题雄鹰图
009 问雷洋
009 吸烟
010 行感
010 五一怀感
011 暮入直隶总督府
011 长白山绿渊潭行
012 洗浴
012 入冬新雨

012 游艾丁堡
013 哭牛
014 暮蝶
014 蚁
015 放舟白洋淀
015 读《反三国》感
016 霉张汤
016 劝
017 燕
017 大屿山行吟
018 澳门赛狗
018 过靖宇
019 长白山聚龙泉
019 武昌观樱花
020 迎子归
020 过小樽
021 笑
021 登天文台
022 大英博物馆
022 伦敦购物
023 兰花词
023 芦花词
024 竹枝词
024 过潮州广济桥口占
025 闻荆楚方言“不服周”戏题
025 游卓旗山即兴
026 梅花词
026 宴茂名
027 题下川岛
027 海泳
028 过安检
028 蝇
029 游顺德清晖园口占
029 贺广东省文化学会诗词文化专业委员会成立
030 南方古灶观陶师表演
030 题佛陶之金釉碗
031 题莘福书院
031 红月亮
032 夜次佛山南风古灶有吟
032 步行逢阵雨有感
033 顺德清晖园行感
033 母亲节吟
034 丁酉暮春于京郊推辗子
034 题古北口百年老院
035 寒食节游石门观禾雀花
035 吟于四方竹苑
036 无叶井
036 题南风古灶之大榕树
037 回乡
037 和胡文汉先生一个
038 登广州塔口占
038 囧途感言
039 丙申重阳有感

039 圆月
040 番禺暴雨
040 东海布局
041 老虎咬人
041 机遇
042 南海仲裁感思
042 登凤凰山
043 谒李清照旧居
043 旗袍女子
044 三八行吟·其一
044 三八行吟·其二
045 环卫工人
045 南昌醉吟
046 京城偶聚
046 雾霾
047 采莲词
047 莲藕
048 步行上班途中感怀
048 悼汪国真先生
049 母亲节怀感
049 神十一飞天有思
050 美人吟四首
051 珠江晚照
051 南越王宫
052 忆十年寒窗
052 宏村行
053 游阳西月亮湾口占
053 南昆山赏月
054 夜宴青海湖畔
054 游汕尾红海湾
055 过邱少云纪念馆
055 游西安秦兵马俑
056 过易水
056 访梅州围龙屋
057 故居
057 云南玉水寨老猎人
058 品北海道长脚蟹
058 少年太原行
059 当年安顺胡吃狗肉
059 送川香居兰小姐
060 姑妈家
060 长白山大峡谷行
061 末日
061 梦小浪底
062 三春游西湖小瀛洲
062 杭州西溪行
063 游常德桃花源
063 登兰州白塔山
064 重过外婆桥
064 赵四小姐楼
065 过酒泉
065 仲秋孤岛行（回文诗）
066 题惠州西湖
066 丁酉仲夏行吟

067 访四会松云轩主人
067 游四峰书院遗址
068 探春
068 丙申冬吟于从化
069 静约相守微刊百期
069 中秋寄怀
070 夜游大明湖
070 大都行
071 病中有思
071 无题
072 行街有感
072 保定行
073 湛江海宴
073 中元节吟
074 重阳赋
074 月下对弈
075 沙扒白额岭观海有思
075 题郑仙诞
076 读邓老《秋日》有感
076 戒酒
077 八一感怀
077 八一随笔
078 题雅村文化之诗词专委会
078 丁酉仲夏游南风古灶
079 故里行
079 题于丁酉年父亲节
080 吟于五四青年节
080 密云雾灵山行吟
081 古北口抒怀
081 西樵山理学传播五百年有寄
082 丁酉岁首吟于嗣父衣冠冢前
082 返乡
083 元旦有思
083 重建珠江诗社有感
084 观某微社点评诗词争吵有感
084 鲁迅先生逝世八十周年祭
085 与赵学海夜钓于南面
085 吟于东莞恒丰商业大厦
086 无题
086 家乡洪水有记
087 闻盐城过龙卷风有感
087 悼彭正萍同学
088 高考日杂感
088 端午祭
089 遥祭
089 丙申清明泪吟
090 竹之韵
090 游石鼓书院
091 初五之外婆家并次
091 初一故里行
092 初五之外婆家
092 厨师
093 无语论诗·其一
093 无语论诗·其二

094 无语论诗·其三
094 拉票
095 清远行感
095 自嘲
096 屠呦呦获奖感怀
096 教师节感
097 法国惨案有思
097 步韵和马凯先生
098 汕头食趣
098 盛夏东莞和堂农庄行
099 登清远荔枝山
099 无题
100 论时下诗风
100 长江祭
101 六一梦
101 崖门怀古
102 抗日战争胜利七十周年随笔
102 纪念抗战胜利七十周年
103 自嘲
103 望乡
104 乡婚
104 南海钓趣
105 盘龙峡漂流
105 新年抒怀
106 狗年遣怀
106 戊戌寒食节有题
107 鹧鸪天·清明祭祖抒怀
107 喝火令·陆羽塔寄怀
108 临江仙·归途
108 鹧鸪天·文坛逸事
109 踏莎行·大亚湾行
109 减字木兰花·忆御景湾
110 惜分飞·别涿州
110 满庭芳·游荔波
111 西江月·梦回少年时
112 八声甘州·公司重组
113 沁园春·票
114 点绛唇·登罗浮山
114 酒泉子·游屈祠
115 淡黄柳·松山湖行

卷二 / 千 华（廖华强）

119 初春感吟
119 题“觅世梵音”佛乐盛典
120 媚春
120 秋书
121 早春
121 画春
122 题《山居幽琴》图
122 旧台灯
122 荷塘月色
123 抚琴
123 百草园（古风）
124 春愁
124 春意可园
125 春夜雷雨
126 春寒感吟
126 春季人像摄影
127 题春竹图
127 流行诗风
128 叹南京
128 海棠咏
129 荷
129 你不回来我不老
130 鸣蝉
130 丁酉正月初三闻慈舅仙逝泪吟
131 清明思父怀感
131 田园
131 夜思
132 恋潇湘
132 题图
133 观诗词大会有感
133 冬日回上鶱书院莲花居有作
134 贺二〇一七珠江重启
134 西池遐想（古风）
135 慈母吟
135 乡思
136 舞
136 梦潇湘
137 送别
137 山居
138 花语
138 无题
138 八月三十一日风雨大作
139 南风古灶玩陶有作
139 南风古灶观微雕有感
140 游莘福书院有感
140 秋窗风雨
141 竹
141 潇湘夜
142 山居吟
142 参加四会诗词朗诵会有作

143 端午
143 咏荷
143 感遇
144 如梦令·七夕街景
144 如梦令·坐火车
145 如梦令·仙女湖畔
145 如梦令·滑草
146 行香子
146 忆江南·旧时庭院
147 蕃女怨·夜静思
147 如梦令·雨荷
148 行香子·人生时光
149 醉花阴
149 踏莎行·春雨
150 诉衷情

卷三 / 扬过杨过（黄伟校）

153 屋中雨夜
154 羁旅
154 他乡端午感怀
155 西樵山归后感
156 归家
156 重建珠江有感
157 九一八有感
157 同学会有感
158 母亲节感怀
158 秋夜感怀
159 晨游天河公园
159 古榕印象
160 天河公园散步
160 南风古灶小记
161 夜间杂诗
161 雨夜杂诗
161 雨中杂诗
162 清明感怀
162 望月有感
162 清农湖旁偶题
163 无题
163 无题
164 迟赴约
164 祝好友喜结连理
164 写在塞车时候

165 戏题诗刊泛滥
165 无题
166 贺广东女子学院凤凰花分社成立
166 梦醒以后
167 故地重游
167 群中潜水久
167 邂逅
168 鹊桥仙·朋友求婚现场
168 鹧鸪天·下班有感
169 相见欢·无题
170 扬州慢·加班以后
170 青玉案·第一缕阳光
171 南乡子·无题
172 行香子·病雨趋雷
172 减字木兰花·每个周末
173 卜算子慢·梦醒时分
174 永遇乐·要上班了
175 沁园春·要下班了
176 水调歌头·记初中同学会
177 虞美人·海边女孩
177 喝火令·广东有雪
178 沁园春·好友生日有题
179 采桑子·清明有感
180 沁园春·游龙山中学有感
181 行香子·赠某君
181 解佩令·写于清明次日
182 谢池春·断梦无章
183 沁园春·十二日感怀
184 永遇乐·下班以后
185 少年游·开学有感
185 喝火令·天上人间圆月夜
186 沁园春·广州没下雪
187 八声甘州·回家了
188 蝶恋花
188 鹊桥仙·七夕独处
189 卜算子·加班以后
189 城头月

190 **跋**

卷一

无语（倪平波）

1963年出生，湖北天门人，客居广州。自幼喜爱古诗词，承外祖父发蒙，吟唱至今。广东省文化学会诗词文化专业委员会会长，《雅风》诗刊总编。

无语之诗，多以生活见闻为主，或写时事热点，或写身旁小事，或写山水游记、乡土人情；用以言情，用以咏志；诗之动人处在于借所见抒发内心真实的情感，细细品读，更觉其诗之特点：格高、意新、情真、律严。诗词来自于生活，更高于生活，避开日渐浮躁的都市，找一处得以栖息的灵魂之所，想必也是无语心中所向，诗中所呈，此中收录两百余首诗词作品，可谓无语经年写真。

访古北口水镇农家

水镇垂京邑，雄关扼要津。
一方三眼井，见证此沉沦。

四县交界点观日出

鸡鸣闻四县，一脚入他乡。
月落燕山下，京城首缕光。

赴密云途中即兴

借道慕田峪，长城半日游。
关河千万里，龙脉自沉浮。

登道遥台

红尘眼底开，疑雾任风裁。
吕祖逍遥处，我今爬上来。

诗友聚会有感

村酒千杯少，诗心一夜长。
座中文雅客，不肯说怀伤。

过海马台风

人间豪迈语，多半蜡枪头。
海马行天地，元阳起暮秋。

长隆观猴表演

鞭起铜锣响，抓哏不惜身。
一场猴把戏，多少捧心人。

子媳南飞途中

抬头白云望，稚雁正南归。
喜鹊门前闹，吾心也欲飞。

题光明诗词协会

静约光明里，天涯吟唱人。
莫非唐宋客，今日下凡尘。

题余将军

将军百战功，文海亦英雄。
笔点春秋水，扶桑起飓风。

谒秦琼祠

嚣腾济南府，肃杀五龙潭。
人世沉冤重，守门心未甘。

题雄鹰图

万里振双翼，乘风上九天。
人生若如此，笑傲白云边。

问雷洋

风雨起京蓟，疑云遍九州。
屡朝泉下问，君可到青楼？

吸烟

瑞气笼王土，臣民嚣九天。
人间雾霾重，岂在一枝烟。

行感

夏至连阴雨，天涯行客苦。
蝉栖老树头，落叶迎无语。

五一怀感

细雨迎佳节，微风拂路人。
但将劳苦洗，心上本无尘。

暮入直隶总督府

一镇拱京畿，萧萧督府欷。
雕栏依旧在，只有夜莺飞。

长白山绿渊潭行

碧水天边下，空潭起佛音。
蓦然心上悔，入仕到如今。

洗浴

岁末且偷闲，悠悠御水泉。
凡心皆洗去，洁净待新年。

入冬新雨

淅沥新冬雨，薄衾微觉寒。
窗前飞落叶，应是百花残。

游艾丁堡

萧萧古城堡，铁马话当年。
一统江山恨，如今未了然。

哭牛

田耕无尽头，一奶送春秋。
三聚氰胺恨，悲催天下牛。

暮蝶

留芳任离蝶，残蕊付秋风。
洒向天涯路，明年花更红。

蚁

合力闯天下，拳拳赤子心。
人间多粟米，滚动到如今。

放舟白洋淀

莲动杂鱼跳，芦喧野鸟飞。
夕阳生画景，游客不思归。

读《反三国》感[①]

大汉未中兴，从来恨不平。
周郎反三国，先主谢书生。

①《反三国》作者周大荒先生。

霉张汤①

罗卜炖霉张，无风十里香。
未尝人已醉，菩萨跳红墙。

劝

人生如季节，风雨总无时。
八九不由我，何堪苦苦思。

①荆州民间传统豆制食品霉张，闻臭食香。

燕

深秋南去燕，贺岁逐春来。
弱柳垂故里，柴门依水开。

大屿山行吟

大屿亦王土，南无观世音。
繁华绝天下，点石可成金。

澳门赛狗

猎物通电疾，犬争先后飞。
人呼天地暗，空手坦然归。

过靖宇

深秋雁南去，山野血花红。
烈士英魂在，茫茫林海中。

长白山聚龙泉

涉足聚龙泉，飘飘人欲仙。
不虚长白旅，信步在秋天。

武昌观樱花

悠悠夜来雨，万亩共凋零。
点缀山坡秀，佳人寸步形。

迎子归

双亲乐欲飞，赤子越洋归。
何必名四海，但求行莫非。

过小樽

近海宜鱼集，东瀛最富时。
腾笼换新鸟，一廓尽陶瓷。

笑

约克古城堡，千年大教堂。
居然行佛礼，也许是同乡。

登天文台

格林威治台，游客远方来。
子午一条线，时光从此开。

大英博物馆

徐步馆中行，暗闻悲泣声。
大英多宝贝，强取自分明。

伦敦购物

雅诗兰黛处，狂购女人潮。
一盒颜如玉，黄花分外娇。

兰花词[1]

青青原上草，千古左徒吟。
只为人世动，野蒿何太森。

芦花词

葭花飞满天，顾影少人怜。
流水应有意，青泥长共眠。

①楚国大夫屈原，首赞兰花高洁。

竹枝词

潇碧迎风舞，石桥流水东。
任凭风雨急，关节未曾通。

过潮州广济桥口占

暮饮凤城府，醉临康济桥。
亭台余旧色，江水泛新潮。
人世曾经变，文风尚未凋。
众卿题匾额，读者尽弯腰。

闻荆楚方言“不服周”戏题

吾曹本楚囚，揾食下南州。
双鬓已经白，孤心尚未休。
低吟生万象，浅醉去千愁。
任尔狂潮卷，从来不服周。

游卓旗山即兴

幸会邓夫子，相从入此山。
龙潜幽涧底，鸟唱密林间。
安步心将醉，临峰思不闲。
人生当守拙，未必苦登攀。

梅花词

孤芳雪夜开，落日影徘徊。
笑傲桑田里，寒风任剪裁。

宴茂名

斜阳笼碧海，潮汐渡千帆。
龙族满仓里，食人何太馋。

题下川岛

秋暮下川岛，翠峦生白烟。
红尘回首望，碧水合云天。

海泳

斜枕波涛上，晚霞依我身。
金风濯秋水，恰好洗凡尘。

过安检

臂垂双足赤，衣半骨嶙峋。
回首喃喃语，倪郎中国人。

蝇

优雅入门帘，略微茶水沾。
气场倾一桌，陪客自谦谦。

游顺德清晖园口占

萧萧状元府，济世有文章。
欲问后来者，清华北大荒。

贺广东省文化学会诗词文化专业委员会成立

残身离苦海，秃笔写初心。
回首红尘望，但闻梁父吟。

南方古灶观陶师表演

细将粘土和均匀，随手捏来如有神。
名匠自然怀绝技，天生就是玩泥人。

题佛陶之金釉碗

揾食何堪落叶秋，江湖道上自漂流。
若将金釉涂饭碗，从此人生无所求。

题莘福书院

俗世难闻瀚墨香，此间雅韵竟悠长。
凡人栽得梧桐树，枝上何曾少凤凰。

红月亮

尝闻盘古定元穹，争奈今宵大不同。
许是人间齐翘首，姮娥羞得脸绯红。

夜次佛山南风古灶有吟

借得龙窑炼此身，明天何惧返红尘。
心中有佛欲行远，作个逍遥自在人。

步行逢阵雨有感

为何今日雨来频，湿了街头我的身？
上帝果然睁只眼，心中不许有微尘。

顺德清晖园行感

疑是琅嬛又一重，三朝往事已无踪。
耳边多少行人问，黄府何时改姓龙？

母亲节吟

红尘浊世眼前开，天使当年送我来。
辗转人生不由己，心中有个望乡台。

丁酉暮春于京郊推辗子

司马台边柳色新，农家院外客行人。
推杆何必乾坤手，辗过凡间又一春。

题古北口百年老院

门前老树院中花，九十婆婆正点瓜。
望到年终子孙返，一盆碳火映桑麻。

寒食节游石门观禾雀花

遥看树上挂风铃，禾雀天然同此形。
自在清明节前发，许君一朵供神灵。

吟于四方竹苑

灵魂深处久迷茫，乍见此君形四方。
先正腰身重入世，纵然再受几回伤。

无叶井

争如小井几千秋，未把红尘落叶收。
入世应同此间水，一生岂肯合污流。

题南风古灶之大榕树

抱石神榕四百年，春风过处叶翩翩。
高温炼就凌云志，撑起龙窑一片天。

回乡

一条客路三千里，竟夜相思二十年。
莫道近乡情更怯，心随鹤舞白云边。

和胡文汉先生一个

但凡君子走红尘，回首无非半死身。
纵使当今鸾凤舞，依然不少耍猴人。

登广州塔口占

游客匆匆四面来，小蛮腰为孔方开。
凡人购得寻欢票，可上珠江电视台。

囧途感言

为身外物仙人跳，欲海翻腾又一波。
指鹿莫非中宦手，当朝驽马已经多。

丙申重阳有感

江湖行走任煎熬，头顶常悬一把刀。
尚幸胸怀有千仞，此生何苦再登高。

圆月

守望地球多少年，素娥消得此时圆。
若非今夜天宫号，后羿如何到眼前？

番禺暴雨

史前雷雨今日见，诺亚方舟无影踪。
一廓豪车沉水底，但凭摩托上高峰。

东海布局

怪你南洋跳得欢，我于秋后拉清单。
百船齐发钓鱼岛，荡起风波透骨寒。

老虎咬人

阴盛于阳已经惯，恁多母虎世间行。
白天撞见真家伙，鲜肉原来纸做成。

机遇

国家民主乃公投，一夜英伦已脱欧。
资本市场何处去，三分之二下神州。

南海仲裁感思

无端裁决又如何，南海从来口水多。
笑尔蛇心欲吞象，千秋不改是清波。

登凤凰山

游人惊得凤凰飞，撩动青枝炫落晖。
侧目才知山道险，凡登高处更芳菲。

谒李清照旧居

平生总畏壮词难，每到临屏学易安。
七尺男儿空自许，恨无好调对君弹。

旗袍女子

谁家娘子着旗袍，路上行人竞折腰。
六十年来易风俗，今天重见女儿娇。

三八行吟·其一

衔蝉争宠闹家邦，摸着石头来过江。
幸有港湾能泊我，一枝红烛剪西窗。

三八行吟·其二

灵猫谶语动清波，水道纵横乱石多。
身后港湾行愈远，风中依旧女儿歌。

环卫工人

猴年春节意如何，爆竹声中落叶多。
初七街头大清扫，人间不使路蹉跎。

南昌醉吟

洪都豪饮酒三缸，宛若青龙吸赣江。
孤鹜才从夕阳散，滕王阁影自庞庞。

京城偶聚

九九重阳花半凋，燕山夜雨话前朝。
当年同学兰州府，长发青青未及腰。

雾霾

宛若置身仙境中，雾分七彩炫长空。
人间鼻口同一气，莫怨当今天不公。

采莲词

污泥不染夏荷茵，十月含苞望煞人。
毛竹镰刀童子趣，采来莲实作佳珍。

莲藕

一点幽香生绿荷，纵然身在烂泥窝。
任凭浊浪兼天涌，笑比路人心眼多。

步行上班途中感怀

十里长街花木新，清风还度早行人。
借来几滴开春雨，洗我心头一点尘。

悼汪国真先生

冲天鹤影归极乐，尚幸诗坛留好音。
君在西方应有句，劳传世上众人吟。

母亲节怀感

一点相思连古今，悲催不过旅人心。
还将天下祝福语，遥对乡关慈母吟。

神十一飞天有思

系列飞船深悟空，素娥招手会天宫。
今人渐恐不毛地，迁徙新球巴望中。

美人吟四首

一

长叹夫差宫里人，浣纱石畔水流新。

游鱼通晓古今事，不绝东施还效颦。

二

皓月依依出汉宫，西行雁落任秋风。

后人纵有惊天笔，不及当年一画工。

三

焚香拜月月无影，一笑回眸胜百花。

世上英雄浪淘尽，危城还得女儿家。

四

夜夜霓裳羽衣曲，百花只为女儿黄。

先秦垂柳汉宫里，传说当年动李唐。

珠江晚照

斜阳残照半江红，安步深秋细雨中。
落叶飘飘伴流水，人间花好待东风。

南越王宫

百越当年走赵佗，拓疆千里动干戈。
一从汉武南征后，地下春秋向晚多。

忆十年寒窗

咸菜瓶中点滴油，饥肠难耐食堂偷。
惟求今日半温饱，打起精神拜孔丘。

宏村行

雨滴南湖动晚秋，清波小圳乐悠悠。
画师身在斜阳里，笔下炊烟将我留。

游阳西月亮湾口占

神工鬼斧话曾经，好个银钩放大形。
海燕扬波白沙舞，春风吹到手机屏。

南昆山赏月

玉镜宫中桂疏影，南昆山上醉吟花。
今宵应悔嫦娥泪，滴落红尘千万家。

夜宴青海湖畔

青海湖边西北风，水天一色夕阳红。
主人好客千杯少，冷月孤星欲揽中。

游汕尾红海湾

自古俗名红海湾，茫茫碧水合云天。
丛林消失华堂处，一截枯枝认旧年。

过邱少云纪念馆

三八枪声夜半闻，中南海里动新君。
雄狮百万辞家国，一战几多邱少云。

游西安秦兵马俑

铁马金戈扫八荒，班师水殿拥君王。
若非人世风云动，各位依然在梦乡。

过易水

一从秦政图天下，六国君臣无奈何。
易水千秋明月夜，当时太子送荆轲。

访梅州围龙屋

南宋末年来异乡，围龙初建始安康。
只今唯有老人在，闲坐庭中话短长。

故居

村头池口百年开，四面蒹葭野鸟来。
门对一双红枣树，族人道是父亲栽。

云南玉水寨老猎人

原始森林解放前，只今黄土入云天。
九旬猎手依然在，沽酒维生五十年。

品北海道长脚蟹

螃蟹居然脚三米，分来一腿折腾中。
经年东海欺虾贝，若见食人关节空。

少年太原行

风号雪舞太原城，偶得书摊《侠客行》。
急入酒楼观仔细，晋人啜醋似刀声。

当年安顺胡吃狗肉

狗肉一经天子尝，身家百倍猎人狂。
盛名飞越黄果树，游客疯来如野狼。

送川香居兰小姐

川香居外风侵月，君子兰前人动肠。
离恨河边绛珠草，红尘一嫁永茫茫。

姑妈家

风过芦丛雏鸟乱，波摇荷叶小鱼惊。
姑妈家在岸边住，觅食长年湖上行。

长白山大峡谷行

翠滴红娇峡谷开，穿空乱石影徘徊。
潺潺不绝天池水，历尽艰辛地府来。

末日

本周玛雅预言日，竟夕相偎千万家。
但愿人生有来世，重逢应是在天涯。

梦小浪底

当年龙凤洛阳行，小浪底前波浪声。
昨日风随明月去，今宵何处月儿明？

三春游西湖小瀛洲

西湖烟雨小瀛洲，绿草清波相映流。
不合今生五羊老，几回梦里客杭州。

杭州西溪行

阳春三月入西溪，草长莺飞花满枝。
斜日金波杨柳岸，游船高唤误归期。

游常德桃花源

小径幽幽出洞来，村边桃树尽情开。
暗询乡里无陶姓，应是渊明亲手栽。

登兰州白塔山

萧萧白塔俯黄河，鸿雁声声檐顶过。
人世如同此间水，半江浑浊半清波。

重过外婆桥

禾连七里野花娇，外祖轻牵过小桥。
三十二年如一梦，殷殷思念到今朝。

赵四小姐楼

燕去巢空玳瑁梁，风流赵四郁金堂。
红楼且在落霞里，传说东师入沈阳。

过酒泉

饮罢酒泉军士行，一征万里北胡清。
汉皇御赐香犹在，长送当年骑鼓声。

仲秋孤岛行（回文诗）

秋仲惜花临水寒，岛孤落雁客行单。
幽通道观败枝谢，舟近云烟斜日残。

残日斜烟云近舟，谢枝败观道通幽。
单行客雁落孤岛，寒水临花惜仲秋。

题惠州西湖

欲知沧海变，稽首问麻姑。
汉属虎行地，晋成龙卧湖。
清柔通浣女，旷邈任飞凫。
多少寻幽客，千年随老苏。

丁酉仲夏行吟

鱼翔粤江水，波动五羊城。
雨后鸣蝉急，风前投足轻。
经宵花渐落，待晓我徐行。
回望来时路，人间又一程。

访四会松云轩主人

四水合流处，遗风天下闻。
纵然无李杜，尚幸有松云。
豪气传颂远，吟人来往勤。
我为轩上客，执手谢吴君。

游四峰书院遗址

信步残垣下，似闻朝读声。
当年聚才俊，就此展鹏程。
远去山前水，空余地上荆。
伊谁断幽梦，几处老鸦鸣。

探春

梦随残酒去，心伴晓阳升。
拂面风千里，开怀雪几层。
寒鸦正萧索，吟客已频仍。
赋得春光近，新芽欲破冰。

丙申冬吟于从化

雨飘钟落潭，败叶着青岚。
飞雁凌空语，乡音入酒酣。
高堂每牵挂，赤子更何堪。
身负千斤重，也当辞岭南。

静约相守微刊百期

花好月圆时，微刊一百期。
何多风雅客，网上也神怡。
欲解个中味，还从言外思。
红尘精彩处，留与后人知。

中秋寄怀

明月照沙溪，弦音过柳堤。
随风人去远，极目雁归迟。
把盏中秋夜，临屏南岳西。
千金求一聚，拂晓尚沉迷。

夜游大明湖

秦时一轮月，清照大明湖。
紫阁沉浮影，青荷婀娜躯。
龙腾深亦浅，蛙聒有还无。
难解其中意，行思柳岸孤。

大都行

北旅借清风，大都花正红。
迎机小儿女，执手贵亲翁。
多少烦心事，须臾流水东。
欣然识天命，自勉好家公。

病中有思

端州风雨夜，难耐病中身。
解意多新友，知心少故人。
五更方入梦，三纪已成尘。
任尔长亭外，迎来送往频。

无题

午夜北风烈，西厢苦离别。
寒枝黑鸟啼，小路行人绝。
屐履破红尘，须眉凝白雪。
蓦然回首时，心上千千结。

行街有感

才踏斑马线，车飞污水扬。
慑音聋老耳，怪味透寒裳。
鲜腆土豪过，无辜行客惶。
一从猫话后，得意便猖狂。

保定行

才了京城事，夫从保定游。
惊风吹老柏，落雪险孤舟。
尽兴狂飞盏，含苞共上楼。
归途望明月，隐隐柳梢头。

湛江海宴

肃水饮戎马，青枝拂草堂。
临春鱼蟹瘦，近岸海鸥狂。
杯酒对新月，寸心怀夕阳。
昔人千万里，无语也回肠。

中元节吟

夜雨秋风急，倾开地狱门。
河灯照先祖，美食待孤魂。
沐浴衣冠正，焚香清酒温。
举杯三叩首，相聚近黄昏。

重阳赋

丽词吟国庆，浊酒对重阳。
临菊荆坡险，登高秋雨长。
南天鸣客雁，赤子走他乡。
黄鹤白云远，几回人断肠。

月下对弈

金角已屯兵，银边再扎营。
连关透心腹，一镇锁危城。
破眼手筋妙，点方头绪生。
尖冲出罗网，托靠见光明。
废子争先弃，大场随后行。
单官定成败，片劫系输赢。
盘上风云散，空中尸骨横。
胜棋当有理，败者自无声。
月落野狐远，归途尚不平。

沙扒白额岭观海有思

入山闻鸟语，临水识流形。
昃日行将近，心舟自不停。
俗尘缘已了，沧海我曾经。
蓬岛知何处，寻来享至宁。

题郑仙诞

白鹤曾经驾郑仙，人间翘首两千年。
宅心依旧连黎庶，灵骨奈何归梵天。
若大悬壶毚欲里，恁多病体鬼门边。
将逢秋祭君知否，产业疽囊待刺穿。

读邓老《秋日》有感

任他左右正逢缘，安得低头装可怜。
大气由心已深许，小鞋败足未磨穿。
偶将怀感入歌赋，每嘱娇儿兑酒钱。
思与刘伶同一醉，醒来卧处尚幽娟。

戒酒

终于落得一身伤，祸害原来是杜康。
同饮三杯生巨胆，直朝满座诉衷肠。
危言易失何曾顾，稚态难遮兀自狂。
小辫斯抓编人手，才知半世好荒唐。

八一感怀

一声枪响震洪州，便把江山社稷收。
今日军旗尤猎猎，昔年战意尚悠悠。
纵然笔下豪情许，恨未营中壮志酬。
闻得边陲烽火起，书生从此带吴钩。

八一随笔

每逢今日说南昌，磐石倾于这一枪。
依旧落霞随赣水，何时孤鹜绕滕王。
五千年共硝烟去，多少人曾血脉张。
但使九州成大统，自然青史可流芳。

题雅村文化之诗词专委会

尘心欲断叩诗门，尚幸凡间有雅村。
音从平水传千里，泪出初衷洒一盆。
沧海不随人事变，吟坛自在古今存。
旧瓶新酒真如是，君子当知清与浑。

丁酉仲夏游南风古灶

半成品待火师烧，五百年前龙凤窑。
腹内春秋生异彩，河中帆影起狂潮。
大洋远去声名著，奇祸频来心匠凋。
借得南风三十载，还将国粹续今朝。

故里行

偷得闲时归故乡，近村不敢瞎开腔。
俚言入耳孤心动，杂草连天二目张。
阴处酣眠有人子，渚头吆喝乃他娘。
醒来田里薅苗去，哪个农夫会歇岗。

题于丁酉年父亲节

与父当年辞郑州，两行泪滴我青头。
车中灯火照孤影，窗外箴言动晚秋。
总角得承先祖训，裔孙不作凤池谋。
别来傲骨撑三纪，未使家门蒙一羞。

吟于五四青年节

至今不悔我当年，往事沉浮这一天。
浊世风云将悟透，周身棱角未磨圆。
誉清何惧佞人毁，行正无非妒火煎。
祖训从来记心上，任他沧海与桑田。

密云雾灵山行吟

偷取浮生一日闲，遂知好个雾灵山。
天遗麻石百般态，龙吐云溪九道弯。
时下神州皆乐土，当年此处亦边关。
任凭雨打风吹去，留得蓬莱人世间。

古北口抒怀

血战争如此地多，雄关故道尚嗟哦。
蟠龙卧虎古北口，沉戟流沙潮白河。
万里长城终不倒，六朝帝邑会须歌。
斜阳照里回头望，赴难之时人几何。

西樵山理学传播五百年有寄

当代文明大不同，复兴理学借东风。
修身只合经书始，安国还应玄谛通。
南粤何曾为化外，西樵亘古秀其中。
传承道统天下事，五百年来清誉隆。

丁酉岁首吟于嗣父衣冠冢前

寒烟如织锁孤村，惟见荆茅掩旧门。
心挂荒坡三尺土，泪留颐颊两条痕。
经年梦里承家戒，此刻坟前跪子孙。
傲骨虽随文革散，人间尚幸有忠魂。

返乡

熬到年关始返乡，打工者断百回肠。
村边耕地草三尺，家里亲人泪两行。
柔指斟来几杯酒，温言拂去满身伤。
与君良夜莫虚度，他日依然各一方。

元旦有思

千年渔火映门窗，柳岸烟花生日幢。
献果余音才袅袅，金鸡来影已双双。
满天星照天涯路，几滴泪流迁客庞。
为诉今宵别离苦，一支秃笔点珠江。

重建珠江诗社有感

深圳归来酒半缸，怡然醉里返珠江。
长年沐雨心还健，他日惊风我自扛。
吟唱诗词情一缕，传承国学事多桩。
与君不负今宵约，写尽红尘话满腔。

观某微社点评诗词争吵有感

此生向慕诗人雅，每在文山墨海寻。
平日收来书满柜，闲时读罢泪沾襟。
常推屏上苦吟句，难得群中唱和音。
不畏方家笑谈我，还应一笔写初心。

鲁迅先生逝世八十周年祭

手擎湖颖作刀枪，宣纸铺开为战场。
松液泼来疑是血，咒文读去莫非伤。
胸中志向未言尽，眼下城狐更发狂。
待到有闲重入世，陷身囹圄也无妨。

与赵学海夜钓于南面

故旧重逢心始甘，清波荡漾虎门南。
一壶陈酒谈锋劲，百尺浮桥钓兴酣。
月下渔人尚艰苦，水中龙族更何堪。
同为浊世求生客，网口倾开已过三。

吟于东莞恒丰商业大厦

落花时节返恒丰，物事依然人不同。
回首孤帆激流处，萦怀铁血大旗风。
莫言业绩曾三甲，且与知交饮百盅。
酒后凭栏西北望，一行飞雁挂长空。

无题

任中扯淡又如何，长叹青天失察多。
五斗米令仓鼠起，三生石悔姓名讹。
花翎是处抹鲜血，豹胆一身违律科。
对酒今朝尚沉醉，不知泉下有阎罗。

家乡洪水有记

惊涛又下石河东[1]，人道绿林才泄洪。
百十树梢浮客水，万千民宅作龙宫。
遥看大坝截流处，仰叹嚣尘趋利风。
今日乃知天有泪，铅华洗尽不言中。

①石家河乃笔者故里，古文明发源地，西邻京山县，有绿林山。

闻盐城过龙卷风有感

传说人间生孽龙，奈何今日下江东。
百年老树拦腰斩，十里橮村眨眼空。
天地无情降奇祸，国民有爱胜春风。
尚期中夏经此劫，洗尽铅华依旧红。

悼彭正萍同学

意欲南宁送故人，奈何余也病中身。
五更思绪连番起，三纪交心分外真。
抬首经宵还望陇，并肩当日共离秦。
君成大业竟西去，愿得天堂若比邻。

高考日杂感

雷鸣电闪雨狂飘，万马千军独木桥。
一纪寒窗成旧梦，阖家夙愿系今朝。
耆卿曾作龙头望，范进还当举后嚣。
人说传承“文革”断，此时庶子正弯腰。

端午祭

流沙自在水中淘，重五来临浪更高。
四海孽龙承本性，九州硕鼠炫金毛。
只今尚觉贤人苦，后世怎知吾辈号。
雾里看花千百次，争如寒舍续离骚。

遥祭

三纪红尘过一场，孤魂野冢话凄凉。
世间难得生奇女，泉下不应陪恶狼。
滴血诗成拘命索，金銮殿动杀人枪。
至今多少迷离处，留待他年问始皇。

丙申清明泪吟

难得清明雨水多，凌晨游子渡襄河。
眸中未及故园景，脚下已临黄土坡。
历代先人正呼唤，十年浩劫大腾挪。
衣冠冢上三尺草，惟见流莺碑顶歌。

竹之韵

清幽不与百花同，凡好人家多几丛。
四季青枝扫霾雾，一身肃气傲苍穹。
生来无悔凌云笔，时下何妨乱世风。
笑对轮回心七窍，我之关节未曾通。

游石鼓书院

莫道重修韵味差，曾经石鼓响天涯。
朱陵洞内访仙迹，青草桥头对晚霞。
三水合流文气盛，六朝兴废世人嗟。
伏波巷里再回首，危阁临江啼夜鸦。

初五之外婆家并次

此处宛如王谢家，百年风雨洗浮华。
沧桑自在前门柳，懵懂还寻后院花。
梁上燕巢迎旧识，壁间神柜落残霞。
梦中不忍周遭望，无酒倪郎谨献茶。

初一故里行

道是天庭才一日，人间回首已经年。
红尘尽洗寒潮后，落叶仍归老宅前。
梁上孤巢透淫雨，心头百味共炊烟。
儿时印象宛然在，浊酒三杯祭祖先。

初五之外婆家[①]

襄江西岸石河东，迎面徐徐百岁风。
三尺荆茅遮照壁，一方天井接龙宫。
门前瘦柳依然在，屋后孤芳别样红。
泪下当年启蒙处，遥思外祖诲顽童。

厨师

衣冠如雪映炉台，天下珍稀巧手裁。
美味多沿地沟出，沉香独自化工来。
慕名饕餮肠蠕动，获利东家唇笑开。
道德何当成画饼，灵猫戏语九州哀。

①汉水西有石家河古文明遗址，东七里外婆家，余幼年寄居六载。外祖国学渊博，承发蒙。今人去楼空，连天荒草，不胜哀思。

无语论诗·其一

吟唱恰如烹小鲜，动人食指色当前。
流香只为初衷煮，好味常因温火煎。
守拙理应无大恙，投机未必有名篇。
功夫自在文章外，际遇由心胜过天。

无语论诗·其二

回文不绝手机中，脉若游丝韵半通。
情未从心强自许，景虽侧目了然空。
常言先识多神品，每叹时人少古风。
墨客只今随处见，吟台烟雨正蒙蒙。

无语论诗·其三

难奈诗魔昏晓侵，自甘无病苦呻吟。
江南阴雨红楼梦，塞北流沙羌笛音。
灞柳章台溯千古，汉关秦月唱如今。
班门弄斧争如是，聊作斯人入世心。

拉票

汝若笔尖花盛开，远方蝴蝶自然来。
无端选票拢人气，有意豪民吸粉灰。
吟海乐成沽价处，奇文羞上敛金台。
一从猫语倾天下，千古诗坛动地哀。

清远行感

深冬走马美林湖，好个广清乡野居。
小阁惊涛绿萍染，危楼飞雁白云舒。
山中樵隐传新调，陌上农耕理旧锄。
添作武陵源内客，一杯村酿就田蔬。

自嘲

辗转红尘未始休，童心不掩鬓霜愁。
曾经商海呼风雨，肯且诗坛望蜃楼。
除却当年鸿鹄志，苦思今日稻粱谋。
一间茅屋知天命，此处无声落叶秋。

屠呦呦获奖感怀

自古江南才女多，呦呦鸣鹿出宁波。
青蒿素去子民疾，诺贝尔迎朝野歌。
两院翰林当奋勇，三无学者正蹉跎。
象牙塔里府商影，妙语连珠值几何。

教师节感

春华绝代承甘露，秋实方知桃李心。
三尺讲台辞旧岁，一身正气到如今。
忍看白发镜前起，还借衷肠酒后吟。
教育何当成产业，但闻北阙好声音。

法国惨案有思

竟夕老鸦阡陌啼，原来厄降法兰西。
街头重卡声腾宇，轮下惊魂血和泥。
阴虱无端噬人命，高卢平白有雄鸡。
根源米国居心险，价日全球兵马嘶。

步韵和马凯先生

千古江山吟未迟，文坛墨海舞新枝。
但将心思朝中赋，化作春风天下驰。
从此骚人应仰首，原来老干亦雄诗。
大唐音韵同声唱，华夏复兴当有时。

汕头食趣

望中隐约酒旗飘，妈屿闻香过大桥。
海燕扬波云水动，渔村临岸食人嚣。
还当雨后裸枯足，自在庭前对晚潮。
徐照滩头千古月，流沙浪里也逍遥。

盛夏东莞和堂农庄行

闹市尚留清静处，慕名百里下和堂。
野藤倒映一池水，万岁残书两堵墙。
古木高蝉嘶半夏，柴扉土犬卧斜阳。
个中已隔红尘远，人少欲求心自凉。

登清远荔枝山

古道腾龙十八弯，望中百果缀青山。
莺歌檐角白云里，蝶舞荔梢清露间。
一骑红尘纳卿笑，千年驿路少人还。
如今我在东坡后，极目西天草色闲。

无题

月光如水洒珠江，归路蹒跚影一双。
十里长堤接寒舍，千年渔火对门窗。
成家始畏前途险，立业还将重任扛。
商海沉浮多少泪，横财点滴进皇缸。

论时下诗风

今朝迭见葬花词，仿佛红楼梦断时。
冷雨凄风难入画，情天恨海好成诗。
宁邪勿僻文苑盛，存弱去粗宣墨知。
守拙争如轻弄巧，低吟浅唱众人痴。

长江祭

静夜无眠独倚窗，一杯浊酒祭荆江。
冤魂四百付寒水，飞泪三千印脸庞。
高峡已令神女远，平湖未使毒龙降。
梦中不肯东南去，泽国曾经是我邦。

六一梦

梦里萦回沔水西，蹒跚学步捉雏鸡。
外婆笑指竹篱远，娘舅轻牵柴剁低。
空手掏窝攀柳树，光身戏鳖弄清溪。
何堪雷电催人醒，独坐庭前尚入迷。

崖门怀古

崖门血水卷银洲，风雨飘摇八百秋。
三烈英魂未行远，二山足迹尚存留。
军民当日同死节，南海万年成古丘。
浊浪滔天忠骨在，依然沙底望神州。

抗日战争胜利七十周年随笔

日落惊涛七十秋，扶桑煞气未曾收。
不堪政要拜神社，岂忍东洋泛浊流。
历代失机成鼠患，只今铁血淬吴钩。
乘风破浪三千里，饮马争如北九州。

纪念抗战胜利七十周年

史书七十八年前，民族存亡国共肩。
倭寇居心灭华夏，仁人取义薄云天。
邦交未必初衷改，斧利应当东海悬。
王道不施双脚兽，欲安社稷待强权。

自嘲

少年不觉职场艰，纵酒高歌万仞山。
数度飞灾误中岁，一朝重暮是难关。
庭前直把豪言许，屋后才看浊泪斑。
陶令桃源无觅处，随风漂泊五湖间。

望乡

故园黄鹤白云里，南客羊城二十秋。
夜半徘徊小楼上，念中尽是古村头。
寒星依旧明月伴，儿趣已随风雨休。
遥想门前楚江水，青山不改自东流。

乡婚

陌上柳间三两家，青阳熠熠吐新芽。
高朋满座踏晨露，渔鼓千声动晚霞。
娇客躬呈杜康酒，玉娘羞劝合欢茶。
桑园好景莫辜负，醉里相看月影斜。

南海钓趣

孤舟醉舞晓云天，夏雨倾盆荒岛前。
风借海鸥频试水，雾偕渔隐又挥鞭。
弓盈满月自当折，龙遁游丝不可牵。
篓里春秋向来少，闲情只在钓华年。

盘龙峡漂流

白龙湍急下尘埃，幽涧沸腾天地开。
乱石沉浮分弱水，古藤交错覆青苔。
轻舟醉舞西风破，颠客长哮密雨摧。
落日平潭归画里，闲情一缕个中来。

新年抒怀

环顾周边萧索形，醉中才敢话曾经。
鸣凰落地声将竭，扞马伏槽蹄未停。
风骨既生徒饮恨，劳勋无奈尽归零。
残身自在杏坛里，拙笔行行写汗青。

狗年遣怀

价日惟闻狗叫声，欲寻僻处享清宁。
诸般游思经宵梦，一点初心万古情。
惘顾残身疤见在，但逢神马目圆瞠。
任由苦海沉沦我，无法重新度此生。

戊戌寒食节有题

凡间为有孝心存，春仲俄然大降温。
只见故园低万树，不闻砧板响千门。
夷风渐起并非福，民俗永传应是根。
竟日阖家思列祖，神飞那个小山村。

鹧鸪天·清明祭祖抒怀

苦海行舟多少年，我心滴血祖坟前。一身傲骨伊谁认，满腹文章独自怜。

除宿墨，理麻笺。韵从平水写人间。今生已负亲朋望，留个虚名也坦然。

喝火令·陆羽塔寄怀

雁字争飞度，流云细剪裁。竟陵于此汉江开。荆楚故乡情结，游子乍归来。

不慕黄金屋，何堪白玉台。羡歌风骨绝尘埃。好个秋深，好个境清佳，好个昔人吟处，去影已天涯。

临江仙·归途

高铁如梭湘北去，楚天正是斜阳。夕烟轻锁小山庄。鸡飞篱菊散，狗跳落花扬。

欲道乡关秋景异，怎堪此刻情伤。病中老父卧于床。西风知会我，日夜盼儿郎。

鹧鸪天·文坛逸事

和了时人和古人，从今天下识诸君。枕词遥寄宋唐客，俪句沉迷微社群。

呼大雁，走红尘，百诗碗酒尚余温。放翁应悔行吟少，自在西方苦嚼文。

踏莎行·大亚湾行

珠滴平沙，鱼沉蓝水，游龙戏凤清波里。村肴不敌夜风寒，一壶浊酒人相倚。

海燕低翔，秋萤徐起，今宵万籁芭蕉底。晓星残月露华浓，蓦然回首情难已。

减字木兰花·忆御景湾

前年御景，几许春光天色冷。九转衷肠，半夜黄花分外香。

晓风秋雨，独立当初垂钓处。欲说还休，落叶翩翩入水流。

惜分飞·别涿州

那晚中宵风雪滞，不忍孤舟早起。独向京城里，千言万语留心底。

苦别经年情未已，鸿雁声声不止。相约仍冬季，一壶浊酒迎游子。

满庭芳·游荔波

黔地边城，樟江秋水，满眸青滴红娇。泛舟湖上，黄鸭误今宵。迭瀑天然六八，凌空泻、败石残桥。随风去，层林尽洗，人戏卷狂潮。

波涛。来梦里，前生顿悟，奢望全消。对华发当头，无意登高。回首依依明月，借七孔、苗女吹箫。从今后，白云深处，日夜任逍遥。

西江月・梦回少年时

破屋难当风急，明师欲托门歪。蹉跎高一误将来，金榜题名奇怪。

怒发冲冠离校，昏天黑地伤怀。石河续学始成才，大考终于光彩。

八声甘州·公司重组

笑沉沉暮霭铁流间，三年闹协同。奈新欢不娶，徐娘待嫁，无所依从。上下愁丝冉冉，臆想却成空。独有王孙语，言不由衷。

遥想当年新任，主莞城要地，宛若惊鸿。庆金秋归去，一醉卧西风。念娇儿、隔洋期盼，搏几回、安度夕阳红。今回首、我深心处，尚是情浓。

沁园春·票

岁末羊城，满目衰红，遍地落花。对他乡异客，归心似箭；远方父母，愁丝如麻。电话空空，网关了了，处处哀求惟自嗟。无归路，应妻嗔夫怨，耳赤眉斜。

原来咫尺天涯，叹游子呆呆若木瓜。笑交通行业，奇思妙作；新闻媒体，专访神夸。政府官员，心存四海，一语徒令百姓哗。新科学，借时光隧道，即刻回家。

点绛唇·登罗浮山

晓露东樵，尽教雨后残红洗。笑将香水，点缀秋风里。

绝顶飞云，沟壑斑斓起。凭栏意，放空心底，天下无难事。

酒泉子·游屈祠

秋雨斜阳，屈子萧萧天外路。龙舟已过万重山，仰首泪潸潸。

白灵儿在湘妃唱，一曲离骚华夏朗。位卑心赤叩贤人，苦请下凡尘。

淡黄柳·松山湖行

新冬柳絮，还向枝头别。淡雾依依寒雨绝。再见经年以后，多少悲欢送明月。

北风咽，斜阳正如血。雁南去，水云阔。问天涯海角何方歇。异日归来，洗尘湖畔，愁思轻声诉说。

卷二

千华（廖华强）

1972年出生，湖南衡阳人，先后从事通信行业及平面设计、书刊策划编辑工作。爱好古诗词，师从倪平波。广东省文化学会诗词文化专业委员会副会长，《雅风》杂志副主编。

2014年始，千华任珠江诗社编辑主任，览天下诗文，堪感其妙，意蕴犹佳，乃从师无语，习格律，熟起承转合之法，领略诗意韵之精髓。其风格喜田园意趣，淡静自然，细腻婉转。景象取摄于生活细节，语言略带诙谐，平白易懂，以其独特审美观，营造融洽画面感，予人以闲适自然之内涵，性格情怀诗中若隐若现，欲说还休，形成其独特文风。然则诗无止境，芸芸天下，高才大才济济，当孜孜以求之，上下而求索。

初春感吟

立春以待大年关，鸿鹄声声北国还。
峰顶黄旗才猎猎，园中小柳已弯弯。
芳心暗许日光好，雅趣低吟水影闲。
遥望曾经携手处，清风为我解云鬟。

题“觅世梵音”佛乐盛典

万丈佛光明月台，梵音觅世半空来。
杨枝玉露滴难尽，心若幽莲静静开。

媚春

欢歌笑语不言中，郊野芳菲三两丛。
柳眼初开情浅浅，桃唇婉触意融融。
拈来小律成花絮，挥过楹联赋古风。
帘卷美人香墨沁，凝思正月画春红。

秋书

君心归四海，凉气卷清秋。
霜色长亭柳，风歌天际舟。
蓬山远高士，月户锁浓愁。
夜雁声声杳，何曾过玉楼？

早春

薄雾青山绿水间，桃花小岛枕江眠。
渔舟慢桨出行早，只为笙歌共渚烟。

画春

垂柳烟枝细雨裁，红棉好色为君开。
纤纤玉手生花笔，水墨芳园画里来。

题《山居幽琴》图

空山幽谷影徘徊，又见苍穹雁字开。
半世浮尘东逝水，禅心皓月指间来。

旧台灯

半尺昏光半点愁，经年淹渍案台收。
尘封岁月寻常事，照我人生几度秋。

荷塘月色

寒塘点点愁，冷月一轮秋。
夜色轻纱里，飘萍逐水流。

抚琴

雁过秋风冷，清辉照远舟。
何当素心起，弦动意幽幽。

百草园（古风）

——闲翻《朝花夕拾》，温故而感。

老井瘦柳青砖墙，细雨和风日月长。
蟋蟀铮铮传古曲，油蛉楚楚扮娇娘。
才当儿趣园中度，转瞬幽思雪里藏。
何首乌藤还缠绕，朱文公子已登堂。
魂牵一世终过客，辗转多年是他乡。
冬去春来芳菲又，谁人识得百草香？

春愁

谁把桃花散作愁？但随江水付东流。
长亭柳色新生绿，又是一年春满楼。

春意可园

可园滋树上高台[1]，小院幽芳静静开。
总叹春分何处是，落花丛里盼君来。

①滋树台为可园一景点。

春夜雷雨

子夜白光笼小楼，春雷不问世间愁。

声声唤起苍天泪，落入东江共浊流。

春寒感吟

倒寒三月又逢春，细雨蒙蒙好洗尘。
却看枝头千点绿，心知不远是良辰。

春季人像摄影

快门声里醉如痴，春日桃花又几枝。
静女低眉羞涩过，正当美丽动人时。

题春竹图

临风青竹影徘徊，细叶纤姿春雨裁。
一对顽皮花喜鹊，争相撞入墨中来。

流行诗风

花月影随风，潇潇流水东。
拈来竹枝味，新酿旧瓶中。

叹南京

怎解心中恨？当年血海兴。
时逢公祭日，不敢望金陵。

海棠咏

往事付星空，海棠依旧红。
卷帘冬日尽，含笑立春风。

荷

含苞次第开，近水影徘徊。
清露随风落，幽香入梦来。

你不回来我不老

你不回来我不老，凡心不绝愁心扰。
昔时软语故喃喃，转瞬温情已渺渺。
萍聚才哀相见迟，风潇长使别离早。
红尘冷落竟无言，唯愿来生对君好。

鸣蝉

莞邑城边老树头，念中儿趣未曾休。
鸣蝉依旧千重韵，白发如今几度秋。

丁酉正月初三闻慈舅仙逝泪吟

梦中长忆小山村，舅父劳心果树园。
几亩新芽勤泼水，一枝翠意总盈门。
面朝黄土披星月，身赴天堂佑子孙。
阵阵哀音合家泪，宝香明烛度英魂。

清明思父怀感

又到清明人未还，心牵孤冢泪潸潸。
姊言一切均安好，父卧青山绿水间。

田园

乡村小径竹篱围，携手欢歌共采薇。
但使清心同日月，黄昏信步剪余辉。

夜思

今宵思念更彷徨，独步西池夜色凉。
纵使心中诗百首，叹无半句动君肠。

恋潇湘

雁城丝雨拂烟柳，石鼓书声绕旧梁。
游子江边频泼墨，画中笔笔是潇湘。

题图

青山日暮水中央，与子桥头看夕阳。
天地有情人不老，云霞深处已回肠。

观诗词大会有感

屏幕经年古韵穷，如今兴起大唐风。
飞花令里凭谁记，多少诗情回梦中。

冬日回上鶱书院莲花居有作

严冬游子乍归来，重上鶱林小土坯。
寂静山庄几尺雪，馨香书院一方台。
爱莲只为心中念，抱朴莫图身外财。
长沐颐和仙气里，清风写意远尘埃。

贺二〇一七珠江重启

走笔生宣墨一缸，几年汗雨画珠江。
微群唱和时人笑，风浪卷舒谁个扛？
昨日阴霾曾百态，今朝心愿又千桩。
皆言重启寻常事，幸遇知音泪满腔。

西池遐想（古风）

西池昏灯倒影长，
水面袅袅女儿妆。
风拂涟漪妃子浴，
早有轻烟舞霓裳。

慈母吟

——写于乙未年母亲节

湘江千载水长流，慈母辛劳未始休。
点点担心藏线里，期期关爱在针头。
薄衾细软托南粤，华发昏光望远舟。
寸草春晖难尽诉，寒泉之思古今忧。

乡思①

离愁不觉已经年，回雁声声南岳天。
莞邑落英春梦里，潇湘入画水云间。

①作者为湘人，客居东莞。

舞

转眸秋水动，悬指落花飞。
长袖风声起，青丝拂紫衣。

梦潇湘

石径通幽处，竹林溪水长。
春风犹未尽，伴我醉潇湘。

送别

斜雨轻牵露，行人紧裹衣。
潇潇杨柳岸，孤雁几时归？

山居

常念山中好，青山隐我身。
山深居古苑，举目绝山尘。

花语

纤尘未染满花蹊，风雨潇潇花蕊凄。
拾起花容如故友，与花漫步小池西。

无题

美人依晚风，脂冷画屏空。
何故眉尖蹙？轻声叹息中。

八月三十一日风雨大作

破窗风雨急，卷地入新秋。
许是相迎我，共飞天尽头。

南风古灶玩陶有作

闲来偕友共陶陶，百变形神待细雕。
十里南风云雾起，方知古灶正烧窑。

南风古灶观微雕有感

满目琳琅复古风，微观世界夺天工。
尝闻命运如雕塑，不过刻刀于手中。

游莘福书院有感

同饮馨香一盏茶，携来莘福走天涯。
还思书院青青竹，曲径幽深便是家。

秋窗风雨

夜雨霏霏总不休，芸窗散入几多愁。
飞花点点和宣墨，满纸清凉好个秋。

竹

高节移来作画魂，花开纵死亦香尘。
动心更有思君曲，风管声声是故人。

潇湘夜

子夜潇湘月，融融暖玉生。
风前闻细柳，暗拨水如筝。

山居吟

人在清幽境，亲音梦里闻。
山居无限好，飞鸟已归群。

参加四会诗词朗诵会有作

翠叠贞山秀，千寻至玉城。
兰亭扬古韵，歌咏伴书声。
六祖禅心悟，三江淑气迎。
不因风雅和，独念此中情。

端午

艾草临门满室芳，家家解粽饮雄黄。
汨罗江上龙舟渡，载得忠魂返故乡。

咏荷

月下芙蓉舞，娉婷一度秋。
风姿才入画，雅客已回眸。
人道莲心苦，我知禅意悠。
无妨水清浊，毕竟不同流。

感遇

漫步西池见落花，相依流水展千华。
清风若是解君意，吹送余香入万家。

如梦令·七夕街景

月影花枝相附，轻挽伊人移步。秋水洗凝脂，耳鬓厮磨无度。情路，情路，折了玫瑰千树。

如梦令·坐火车

多久不曾飘荡，今日江湖重闯。一票信难求，拥挤绿皮车上。高亢，高亢，春运笛声呜响。

如梦令·仙女湖畔

远黛微微迷雾，仙女湖边频顾。偶遇老黄牛，游戏山间公路。安步，安步，留恋不知归处。

如梦令·滑草[①]

假日闲来行早，秋景雁鸣唯好。乘兴不思归，俯上青青幽草。休恼，休恼，一踹魂飞坡道。

①闻友在雁鸣湖滑草时被工作人员踹下草坡，填词戏之。

行香子

烟雾依依，青鸟啾啾。似这般、春意无休。文心相惜，梦里同游。赏晨曦照，枝条舞，百花羞。

眉梢目上，行间字里。盼时光、短暂停留。玉兰蕙质，冷月凝眸。共诗中韵，画中味，念中愁。

忆江南·旧时庭院

芳庭秀，小院绿如茵。百结纷飞羞倩影，蕊莲疏放掩鱼痕。依旧有香尘。

蕃女怨·夜静思

奈何愁绪深夜扰，星月知晓。看菱花，人瘦了，迷蒙多少。发丝今日已垂腰，伴风飘。

如梦令·雨荷

夏日风轻歌婉，浮水婷荷丝乱。云起迅雷来，雨打玉消香散。惊叹，惊叹，掀动一池纱幔。

行香子·人生时光

小径藏幽，�竹斜枝，恋回廊九曲临池。茗香烟绕，画影帘帷。任鸟儿鸣。蝶儿舞，风儿吹。

时光易老，名利难思，理当年粉黛罗衣。两三知己，共沐春晖。在花中饮。笑中醉，梦中归。

醉花阴

雨后微凉风也哭，又染潇湘竹。夜夜待残灯，仿佛三更，总与箫声熟。

谁怜月下幽幽曲，离恨指间续。剪烛向西窗，剪去凡心，莫为相思束。

踏莎行 · 春雨

暮色朦胧，薄纱萦绕，轻牵珠滴帘丝缈。楼台细雨洗微尘，春寒料峭行人少。

心意融融，琴音袅袅，湿花泣露瑶池照。今宵我独醉无眠，登高临远风长啸。

诉衷情

晨曦轻启五更钟，远黛雾朦胧。奈何晓月终去，此意已难同。

涟漪尽，涧溪淙，画楼空。潇湘乍冷，知音何处，怎诉情衷？

卷三

扬过杨过（黄伟校）

1993年出生，广东陆丰人，诗词爱好者。广东省文化学会诗词文化专委会副会长，《雅风》诗刊主编。

古诗中一些意象已经渐渐远离了我们，转而呈现在我们眼前的是诸如办公室、地铁、高楼、霓虹灯、公车等事物，在杨过近几年的作品中，经常能见到这些字眼，杨过把它们带进了诗词里面。“琼浆不曾饮，百威堆满台”；“不见金风和玉露，空调屋内度年华”；他不愿意想到月亮的时候就去写家乡、看到美女就去写鲜花；而想用生活中目所能及的事物，来体现内心的情感；当要鼓励落寞朋友时，来一句“你只是，在青铜分段，钻石水平”；当迷茫失去方向时，告诉自己“车光掠影欲何为，要去前头争一回”。当想起喜欢的女孩时，只能轻叹“眼前好景无人伴，听见风声似汝声。作品情真意切，贴近生活，这是杨过的诗。

屋中雨夜

昨夜春风到我家，为争檐底一枝花。
清香不向行人散，粉瓣偏将窗户遮。
谁唤老猫惊雨事，忽闻邻犬隐獠牙。
床前依旧糊涂梦，梦到平生不吃茶。

羁旅

恍惚春风逐户栽，桃花未必我家开。
新枝曾为逾墙恼，粉瓣缘何独自哀。
肯信园中无日月，不疑世界少尘埃。
如今身在异乡处，唯有留香与梦来。

他乡端午感怀

端午由来不尽知，皆于史册见当时。
兰汤延用百家酒，角粽新缠五色丝。
未敢他乡行故礼，又从何处做追思。
人前落个匆匆惯，留那安康去赠谁。

西樵山归后感

肚饿偏能寻百度，加餐不敢看三围。
与其广厦谈蚁族，未若湖山亲石矶。
聚会依然拼烈酒，怡情今可借余晖。
繁华失了真颜色，便向西樵取翠微。

归家

别了繁华即夜行，归心尤向陆丰倾。
隔窗但见流光影，衣袋频传提示声。
一路乡音寥倦意，三更炉底又新烹。
方才怕我途中饿，谁在门前唤小名。

重建珠江有感

得见新醪未满缸，杯杯劝我敬珠江。
一朝风月离群去，二度春秋与梦扛。
启社原来情解意，发枝何惧木成桩。
诗中好坏凭谁说，自有今人愿搭腔。

九一八有感

可笑当年是近邻，将兵强做扫犁人。
见无寸铁刀俱下，知有弱残心已泯。
猜得虎狼皆冷血，也输寇众罔常伦。
慨听鸣笛声声报，不使金陵蒙旧尘！

同学会有感

日落桥头伴彩霞，是谁提议闯天涯。
山高正好与齐额，人远还需装傻瓜。
情话千千尤在腹，女孩多半早成家。
当年窗外红棉树，原已新开十次花。

母亲节感怀

自别家乡远，暑寒皆问之。
觉风吹病老，怕雨误班迟。
独我逍遥性，任她叮嘱辞。
频频羞在肚，不是好男儿！

秋夜感怀

总向高楼伫，听风不觉凉。
云遮羞见月，杯满久闻香。
曾梦南山柳，轻依小叶杨。
醒时安会否？聊我一柔肠。

晨游天河公园

小步公园雨渐停，竹栏湿径草青青。

泠风吹乱涟漪碧，我在水中方忘形。

古榕印象

而今不复九龙影，万简难从眼底过。

唯有古榕依旧在，青春愿许此城阿。

天河公园散步

辞雨重烟草木幽，徐行转见小沙洲。
层楼万顷成一色，映在池中难入流。

南风古灶小记

借得一方风水地，古榕树下塑陶身。
如今薪火十分旺，若个后生成匠人。

夜间杂诗

信口能吟皆旧句，三更不寐总关情。
眼前好景无人伴，听见风声似汝声。

雨夜杂诗

倦身即寝已三更，骤雨携来打梦声。
似在窗前千击复，房中何物为相争。

雨中杂诗

龙王也是伤心客，不得人间一份情。
乱雨频频声尽去，万千话语向谁倾。

清明感怀

一别家乡久问津，遥遥不阻我思亲。
山前数亩荔枝地，君去无人再酿醇。

望月有感

赏花偏选夏时赏，追月合当秋夜追。
也是闲情都去了，梦中才笑眼前迟。

清农湖旁偶题

小步轻装逐迹游，摇遮嬉伴笑回眸。
方才邻座频斜顾，一点妆颜不自偷。

无题

月在高楼好放歌，微微摆枕渐酣和。
假风一梦真相遇，轻取芳心知道么！

无题

此间不觉我衣单，独爱楼高久凭栏。
抬首风云曾在动，中天月色顿生寒。

迟赴约

别了新人会友人，羊城激酒已千巡。
迟来自罚三杯后，再与诸君说立春。

祝好友喜结连理

今夜凭君酒力微，合樽待客恐难违。
青鸾飞进罗家后，从此天涯有所依。

写在塞车时候

一路酣声和笛声，探窗只见慢车行。
可怜心思倦中尽，总有天真写不成。

戏题诗刊泛滥

当下微刊多粉丝，千篇同载一诗词。
成天到晚忙生计，哪有功夫尽读之。

无题

一诗草就任谁评，我入其中要发声。
不必勤勤皆好句，那时风雨那时情。

贺广东女子学院凤凰花分社成立

启社不逢春与秋，凤凰花下见温柔。
卿卿俱是好颜值，也比才情逊一筹。

梦醒以后

相识小胡同，相离在梦中。
出门无限倦，得醒一香风。

故地重游

人过当年处，频频传笑声。
闻君多念想，不许你深情。

群中潜水久

常作荧屏客，不知于是乎。
群中潜水久，心已远江湖？

邂逅

丝发轻扬处，还留一阵香。
春风虽告我，不敢认红妆。

鹊桥仙·朋友求婚现场

雨酥碎点，情歌香步，笺纸重温旧识。当初花影沐风时，便明白、各中有彼。

诺言相守，蔷薇圆满，惟愿朝朝如是。不愁风雨冷遥遥，许多事、今天开始。

鹧鸪天·下班有感

日落山头胡不归，车光掠影欲何为。层楼万顷居无所，灯火千家照向谁。

需努力，莫徘徊。自来风雨那堪追。孤身看了繁华貌，不去前头争一回？

相见欢·无题

去年灯火幽幽，自闲游，盼得街旁小遇、对双眸。

云山隔，江水隔，月同秋，瞻去残光浮影、寄温柔。

扬州慢·加班以后

月置中天，归家已晚，乱风频上枝头。向东西张顾，任车影横眸。此间更、萧条无限，笛声偶尔，灯色长流。只无人、向我嬉言，问取温柔。

倦然上座，独而今、不必争游。过夜幕层层，霓虹万顷，照遍高楼。回看旁人姿态，争来个一梦春秋。尽是千千我，醒时仍在飘浮。

青玉案·第一缕阳光

经年初醒人何处，恍惚是、人如故。次冷推窗谁入户，阳光如我，微言涩语，莫向它辜负。

争教风雨频朝暮，一种相思悄无度。到底花开难自主，春秋容易，温柔纷赴，不问来时路。

南乡子·无题

夜夜达三更，知是无情也有情。偷取时光颓废未？曾经，都被情诗占了屏。

楼外一身轻，有雨如何又复晴。不去伶仃贪旧梦。前行，最是男儿须正名。

行香子·病雨趋雷

病雨趋雷，花影香迟，告清风终日浑迷。情书渐远，纵笔难题，准一人看，一人读，一人思。

夜间欲雨，酒事难期，忍千言腹内填词。寥寥默契，一种情怡，只未同行，未同意，未同依。

减字木兰花·每个周末

忽然爬起，周末双休真忘记！春雨声声，容我携它入梦听！

明明很累，赖在床头无睡意！寻个早餐，摊主今天未上班！

卜算子慢·梦醒时分

频雷短凑，寥雨四更，乏目趁凉堪守。琐事清澄，几欲扑心熏酒。举杯时、夜燥浑知否？更碎语、羊城已晚，佳人梦我时候。

睡醒千思后，剩半抹嫣然，一人消受。返记当时，百里香花熟透。逐芳姿、痴目瞻青首。梦到你、温柔任意，也刁蛮年幼。

永遇乐·要上班了

窗外曦微，铃声渐渐，惺忪还睡。懒目疲肢，香床软枕，离不开衾被。忽然似见，上司变脸，倦倦翻身顿起。急匆匆、刷牙洗漱，更衫出门无计。

各家摊位，吆喝声起，粥水馒头随意。络绎行人，公车塞堵，等几多班次。纷推上去，伸张不得，到底客潮拥挤。但如愿、安然踩点，心情美丽。

沁园春·要下班了

办公桌前，公文不减，肃目忙完。剩一张焦脸，一双累眼，一身躯壳，一对酸肩。任务将成，心思将尽，痴目窗前一片天。低吟罢、却颓然无度，焦懒无言。

返途似已茫然，趁夜色、车频顿觉烦。更有时下雨，有时朗月，倦身如故，悲喜无端。辞已饥肠，食从无处，果腹何妨无盛餐。归来后，自匆匆洗漱，梦里偷闲。

水调歌头·记初中同学会

有经年情谊，算八九春秋。重逢相见，声容过半已东流。意气少年不在，玩乐闲情未改，更旧景轻浮。堂前被提问，梅语一声柔。

酒未停，酒饮尽，酒还休？奔波各处，一盏盏、祝语难收。难得情歌流露，难得音容重拾，缘分是根由。离宴留追忆，倚梦步高楼。

虞美人·海边女孩

银滩小步秋阳暖，伊影双双现。瑶姿踢浪水初寒，最是闲心无度、笑依然。

堤前骋目天涯短，有海风长伴。转眸痴见一桃颜，原是龙宫府里、小鱼仙。

喝火令·广东有雪

梦里尤欢寝，绒襟待御寒，醒时楼外数风残。谁在户台高喊，观雪竞栏杆。

不若书中语，游于鬓角间，旧人描录未齐全。就算它来，就算已经年，就算九天摇落，一样爱晴天。

沁园春·好友生日有题

二载同窗，多年旧友，往事尤呈。想龙恒上网，通宵达旦；歌房放嗓，嘶哑难听。语数专研，英文死记，总有难题弄不清。纵如此，也蹉跎大学，不枉年轻。

闲时可笑曾经，许多事、也还未证明。让感情过往，随风而去；前途光景，笑脸相迎。创业生涯，峥嵘年岁，莫觉频频履薄冰。这只是，在青铜分段，钻石水平。

采桑子·清明有感

旧时山径寻无处，芳草层遮。鞋印些些，捉石躬身迎上爬。

风吹老树腾烟火，染了云霞。躲在云霞，识得墩头是我家。

沁园春·游龙山中学有感

偶念龙山，学子生涯，再也难温。见当年草木，愈加葱盛；如今楼阁，渐已翻新。旧影难寻，斯人各梦，俨作奔波劳碌身。同窗话，剩一些玩笑，尚去推陈。

青阶细染沙痕，此间路、有多少问津？算二龙岁月，三春桃李；凤凰初绽，金榜来巡。青涩依稀，风华尤继，笑语些些倍觉亲。忽回首，似当年你我，班内诸君。

行香子·赠某君

素影清裙，谈笑风生，想当年脚步轻盈。悠游到处，各种心情。像一只鱼，一只马，一只莺。

如今毕业，奔波生活，更几分倔强同行。思从以后，告别曾经。愿路常平，心常静，梦常宁。

解佩令·写于清明次日

清明初送，归乡未许，念些些、望尧风雨。耄耋江湖，一直在、此间留住。更无妨、长眠故土。

青松相守，坐看乌坎，水流过、当年行处。依旧江湖，只无缘、听他亲语。待明年、坟前长伫！

谢池春·断梦无章

断梦无章，总自乱屏飞去。拾些些、伶仃碎语。探窗初望，正灯光无数。众寻她、层楼轻数。

浑然渐寐，不识境中尘侣。与谁人、一同奔赴。花开即夏，况春风相许。愿天涯、再无羁旅。

沁园春·十二日感怀

概不参加，概不认同，概不执行。见邻邦远友，支持响应。炎黄子弟，众志成城。昔日硝烟，此番盛世，岂任豺狼再霸凌。况今夕，更日新月异，实弹精兵。

频频无理相争，莫不是、强欺我实诚。算沙场征战，何曾怕汝。商场对弈，不会求平。和我难伤，分谁俱害，识趣如何讨骂名。须正眼，这流氓行径，莫惹雷霆。

永遇乐·下班以后

浑日行屏，推窗已晚，归家时候。车影频眸，孤肩掠客，剩夕阳相守。餐门接踵，炊烟不见，不觉霓虹铺就。远行处、层楼微耸，月儿向我低首。

有时摘句，有时自省，直至心情通透。且算经年，玩娱未去，二十年堪久！诗词于我，生活于我，未怕他人左右，须知我、情怀渐去，初心还有。

少年游·开学有感

当年倦眼看西楼，才几度春秋。堂前瞻顾，课间玩笑，曾咫尺温柔。

渐解顽心终不故，况一夕风流。寻常过客，江湖甚远，残梦总无由。

喝火令·天上人间圆月夜

哪管风推户，分明月照人，揽些光景不知真。杯酒向来轻纵，谁像自由身。

渐老尤回味，临窗便失神，几多叨念寄孤轮。不必寒暄，不必影重温，不必万般回味，总是一家亲。

沁园春·广州没下雪

骤起寒潮，冷雨频频，重裹大衣。想当时百越，入冬失败；如今省府，见雪难期。冰度全城，鹅毛在北，剩点晶花摄骨肌。窝床上，有棉衾暖毯，不愿分离。

天寒何处充饥。小屋内、将蔬肉备齐。即呼朋唤友，火锅走起；烧茶备酒，旧事重提。一种温情，两三话语，何患今冬雪未施。况如此，我羊城冷暖，欢笑同谁。

八声甘州·回家了

见霜风雪雨近归途，有多少迟还。料终年劳碌，归家难得，游子阑珊。在外方知家暖，说不尽辛酸。纵疾程千里，要梦乡关。

谁在天涯漂泊，任春风吹问，天上人间。为斯人辗转，莫笑我寒酸。雨淫淫、围炉解冷，话绵绵、都是盼君安。归来后、倾情与共，倚望新天。

蝶恋花

忽觉风吟春已到。花客成群，偏要冬知道。无奈寒潮将近了，劝离一阵晴方好。

纵使夜长终破晓。乍暖阳光，谁怕青春老。我在其间仍一笑，别人知我尤年少。

鹊桥仙·七夕独处

清风凉度，瞻台夜酒，痴向飞星故事。未堪倩影共流年，争相问、天涯至此。

荒丛野陌，春秋二十，枉负人间情味。倾心渐久怕当时，莫不愿、年年如是?

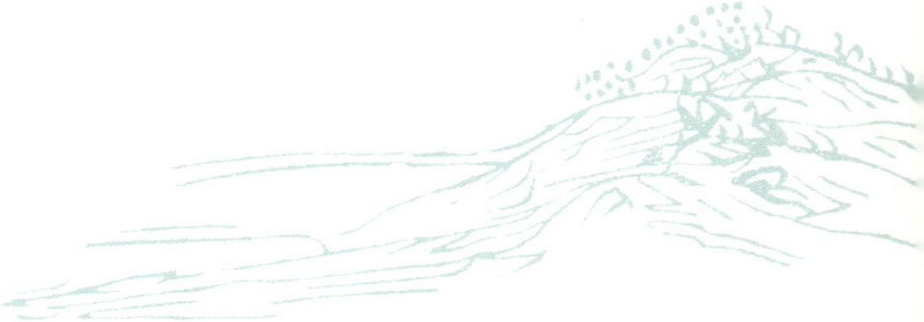

卜算子·加班以后

人已晚归途，坐向车流去。塞耳重听笑忘歌，想把它停住。

曲已最高潮，车在红灯处，遇见青春不复时，我待它如故。

城头月

城头月逊窗前月，万里生孤孑！纵我高眸，杯醪旦进，便向它纷说。

怕它无影轻轻别，换枕圆成缺。一宿贪欢，三更梦矣，留下毡中雪。

跋

古哲曰："命大师陈诗，以观民风；季札之观乐，且知其国之兴替 。"又云："温柔敦厚，《诗》教也。"嗟乎，此皆诗教之大者也。

诗，亦史也，实录也，器识也。凡民生之巨细，名胜之流连，古今之兴替，无不囊有。且以咏叹，寄托怀抱，若不由乎诗，则难见其为也。

今有《沐雨集》者，所录皆诗也。诚可贺也！为诗者谁？倪君平波，廖君华强，黄君伟校，皆诗坛才俊也。三子之诗，抒性情，言心声，臧否人物，指点江山。其调和缓，其情恬淡，其风清逸，才情骎骎乎踵接先贤也。

观其诗，或登临，或携友，感慨乎神州山水，寄寓乎苍凉胸襟。细读之，蕴涵性灵，雄浑壮阔。或慷慨激昂，或敦厚哀婉，或清新洒脱。思接千古，激荡历史，沉郁顿挫，诚有建安之骨，高岑之风；复见性灵之境，逍遥之意，乃本色之笔也。读其集，咏其诗，而愈生爱此人间，乐此尘世之感。

《沐雨集》虽非鸿篇，然小可窥大，细可录巨，亦将有功乎诗骚，有力乎当下。

几十华载，倪君平波经商之暇，抽空作句，挑灯苦吟，华强、伟校潜心学习，其中甘苦，寸心自知。集成珠玉，读之有味，味之弥甘。今诗稿欣付剞劂，余与平波君以数年之厚谊，故不揣谫陋，乐为之跋。

戊戌荷月吴瑾于法南阿尔卑斯山麓